笑文匯抄

鍾華楠 文

馬星原 圖

笑文匯抄

編　　者：鍾華楠
插　　畫：馬星原
責任編輯：洪子平
封面設計：涂　慧
出　　版：商務印書館（香港）有限公司
香港筲箕灣耀興道三號東滙廣場八樓
http://www.commercialpress.com.hk
發　　行：香港聯合書刊物流有限公司
香港新界大埔汀麗路三十六號中華商務印刷大廈三字樓
印　　刷：中華商務彩色印刷有限公司
香港新界大埔汀麗路三十六號中華商務印刷大廈
版　　次：二〇一七年七月第一版第一次印刷

ISBN 978 962 07 5743 3
Printed in Hong Kong

目錄

序

我們在日常生活中，除了自己偶然創造或製造了一些笑話外，聽過不少笑話，説過一些笑話。這些笑話，特點是以「説話」表達，而且很靠説話的技巧、聽者的心情和當時的場合。如果大家喝了幾杯，不好笑的笑話也可令人捧腹。如果聽者剛失戀或失業，他只能苦笑或勉強陪笑。在很大程度上，「笑話」必需靠「説話」技巧、表情、場合等主觀和客觀因素。

有些笑話，更靠歷史、文化、方言、俚語、口音，才能達到好笑的效果。如果聽者沒有這種背景或知識，他便「收不到」、不明白，那就欲笑不能。

講笑話、聽笑話，都要有這麼多的條件和因素，寫笑話便更難了。加上各國、各民族、各地方、各時代的幽默感不同，寫笑話便要選擇一些能以文字表達的，希望多數人能夠了解便算了。這樣以文字表達的笑話，歷代皆有，但古代笑話，今天的讀者不一定能明白。

要讀者體諒的，是「笑話」、「笑文」經過歷代多人口傳，極可能有東抄西襲，你傳我述，有加有改；如倫文敍的傳説、「陳夢吉與方唐鏡」的廣東話笑話等，品種甚多，方言、口音尤甚，不知哪種才是原作。中國文字的對聯笑話比較適合以文字表達。但對聯出處，也經過歷代修改，有些深入民間、市井，更可能改頭換面，無從稽考。所以，拙文只能以「滙抄」而不能以「作者」或「撰」成之。

這本「笑文」有一個特點，就是它比一般「笑話」更好，原因是有好友馬星原先生揮筆作圖，有些笑文，單看他的畫，也笑個不停了！

李白《春夜宴桃李園序》有「浮生若夢，為歡幾何」，我們只希望能給讀者帶來一些歡樂，一文或一畫一笑，甚至幾文幾畫一笑便足矣！

顧名思義，笑文匯抄，少不了甲國笑乙國，丙民族笑丁民族。所有笑文中人物、種族、國民，全屬虛構。所以，全無任何歧視之意，特在此鄭重聲明。

鳴謝

本書笑文、笑畫首三十七篇曾於二〇一三月一月至二〇一六年五月刊登在《明報月刊》，這本單行本經《明報月刊》老總潘耀明先生同意出版，特此鳴謝。

1

清和橋

話說有一農婦，每次墟期必擔兩籮菠菜赴市，在「清和橋」下售賣。因為她種的菠菜特別翠綠，每次不需半個時辰便賣光。這次，也只半個時辰便被搶購八九，只剩下了一紮，等了一個時辰，尚無人過問。突然，卻來了三人爭購。

但見三人爭持不下。一個是和尚，一個是書生，一個是丫環。和尚說：「我雖是少林武僧，懂得功夫，但我是出家人，不能用武，不如文鬥如何？」書生說：「正合吾意。」和尚環視四周後說：「我們就用這條橋名作詩如何？」書生說：「放馬過來，但要先問問這位小姐同意否？」丫環說：「少數服從多數，你們既然同意，請便。」

和尚說：「我用『清和橋』的『清』字作詩：

有水便是清

無水也是青
除水加爭便是靜
清清靜靜誰不愛
買入禪房內
豆腐煮菠菜」

農婦稱讚：「很好，很好。」書生說：「讓我用『清和橋』的『和』字作詩：

有口便是和
無口也是禾

除口加斗便是科
科科高中誰不愛
買入書房內
豬肉滾菠菜」

農婦稱讚書生詩好。和尚知書生要跟隨他作詩的形式格局而作，很不容易，亦認為書生學問不錯，便想讓他買去。但丫環說：「你們也不等我來，便作決定，是不公平的。」農婦也同意，於是三人請丫環作詩。

丫環說：「『清和橋』兩個字你們都用了，我沒有選擇，只能用『橋』字了！

詩云：

有木便是橋
無木也是喬

除木加女便是嬌
嬌嬌娜娜誰不愛
買入閨房內
菠菜煮菠菜」

農婦拍掌叫好，正要賣給丫環，和尚與書生苦笑反對，齊聲說：「小姐的詩最後一句不工整，怎能菠菜煮菠菜？」

農婦說：「大師，你沒有菠菜可以吃豆腐。公子，你沒有菠菜可以吃豬肉。小姐沒有菠菜甚麼也沒有得吃，所以，非賣給小姐不可。」

2

三句半

話說有一落第書生，閒步河邊。忽見對岸一少女濯足，詩興大發，高聲朗誦：

對河一嬌娘
金蓮三吋長
如何長三吋
橫量

對岸少女聽了大怒，此人明明是恥笑

她大腳板！哭着回家，投訴爸爸。看官，你道她爸爸是誰，原來是縣太爺！立即差遣捕快，捉來查究，升堂。

書生跪在堂前，縣太爺把驚堂木一拍，大聲喝罵：「何方壞鬼書生，膽敢笑我女兒；笑也不打緊，為何你作詩只有三句半？」

書生說：「大人，小人作詩向來只有三句半。」

縣太爺把驚堂木再一拍：「混賬，本官不信。如果屬實，可用本官的名字立刻作三句半詩，或可免罪。」

書生說：「請問大人高姓大名？」

縣太爺說：「本官大名叫蘇西坡。」

書生抬頭一看，縣太爺成副狗官相，兩撇小鬍鬚掛在嘴邊，賊眉賊眼，無非是敲詐民脂民膏，欺善怕惡之流。突然詩興大發！便說：「大人請聽：

古有蘇東坡

今有蘇西坡

此坡比那坡

差多」

縣太爺聽了怒髮衝烏紗，把驚堂木一拍：「你這壞鬼書生，膽敢取笑本官，充軍遼陽！」

於是乎，兩個公人，無非是董超薛霸，押往遼陽，一路上晝行夜宿，風餐飽雨。還遭公人打喝辱罵，好不容易到了遼陽。三句半書生突然想起有一舅舅可以投靠，於是對公人說項：「如找到我舅舅，定有打賞。」

看官，此舅舅有一生理特點，就是單眼。好不容易找到了舅舅，但舅舅見他衣衫襤褸，皮開肉綻，心裏已酸了一半；再聽外甥嗚咽道出因由，不覺潸然淚下。書生一見舅舅流淚，詩興大發！因誦：

充軍到遼陽

見舅如見娘

兩人相流淚三行

舅舅立刻改容，大怒，把他逐出大門。

3

牀頭燈

話說韓四與費茲，在蘇黎世郊區神經病院接受治療一年多，變成好友。

一天，醫生招韓四和費茲來診室，對他們說：「我花一年多時間，終於把你們兩人醫好了。恭喜你們，明天可以出院了！但我觀察到，你們已是好朋友，最初幾天，要互相扶持。如果韓四你發現費茲不對勁，即電我；如費茲你發現韓四不

對勁，即電我，我會馬上來。緊記緊記。」

翌日，二人出院，即遊蘇黎世城，往湖邊走走。晚上住酒店的雙人房。一進入房後，韓四立刻脱衣，赤裸爬上牀頭櫃，左手放在背後，右手放在頭頂。費茲覺得可疑，問他：「你攪甚麼鬼？」

韓四説：「我是牀頭燈！」

費茲自言自語説：「不對勁，韓四又發神經病了！」急電醫生，告知始末陳情。

醫生説：「你不要走開，小心照顧韓四，我即來酒店，把他送回醫院！」

費茲説：「你不能捉韓四回醫院啊！」

醫生説：「為甚麼？」

費茲説：「你拿走了他，我沒有牀頭燈，今晚怎樣看書？」

4

天祐我皇

話說第二次大戰末期，在法國後方有一架殘舊的小型運貨機，載着四個不同國籍的傷兵，飛往英國治療；一個是德國人，一個是法國人，一個是英國人，一個是愛爾蘭人。飛機很不穩定，偶升偶降，好容易才離開法國海岸。飛機突然速降，而且引擎時開時停。

機師往後向四傷兵說：「對不起，這架殘機不能保持高度，恐怕你們其中一位要離開，否則同歸於盡。」

德國人毅然站起來，心想：德國已戰敗，到英國也是做俘虜，活着也沒有意義。兩靴鞋跟一拍，右手向天一伸，大聲一叫：「希特勒萬歲！」一躍而下。

飛了十分鐘，飛機又再往下沉。機師說：「對不起，這架殘機又往下墜，請你們其中一位離開飛機。」

法國人勉強站起來，心想：法國已大部分失陷，戴高樂將軍也要逃亡到北非，到英國都要寄人籬下，人生也沒有甚麼意思。舉起右手敬禮，大聲一呼：「戴高樂萬歲！」一跳而出。

飛機來到英國海岸，可以看到杜化郡的白色石灰土懸崖。突然飛機引擎又停下來，繼而慢慢沉降，快要撞到懸崖。機師說：「真對不起，飛機快要撞崖，請你們一位急急跳出去！」

英國人毫不猶豫，站起來敬禮，大聲一叫：「天祐我皇！」把愛爾蘭人推出機外去。

5 閻王

某君善終見閻王，

王曰：「一般人死後見我，由我查簿，衡量他們在世時所作之善惡後，委派他們投胎做人、做牛、做馬、做豬、做狗等。惟你一生行善積德，所以你有一個選擇權，你來生想做甚麼人？」

某君曰：「我一生勤勞積善，沒有時間享受人生樂趣，

我來世做人的希望如下：

父為宰相子狀元
三妻四妾德貌全
一生歡樂身無疾
坐擁門前萬頃田」

王曰：「我由盤古初開做閻王至今，全不知道人生有這麼多的樂趣，非常感激你告訴我！現在我命令你來坐我這個王位，我代你去投胎了！」

6 考翰林

話說清代科舉制度下有一翰林考生，殿試卷中，把「翁仲」寫為「仲翁」。考試官在他卷後批文如下：

翁仲為何作仲翁
只緣窗下欠夫功
從此不許當林翰
貶到江南做判通（註）

註：

翰林：《辭海》指出：一、謂文翰薈萃的所在……二、官名，唐玄宗初置翰林侍詔，為文學侍從之官。至德宗以後，翰林學士職掌為撰擬機要文書。明、清則以翰林院為「儲才」之地，在科舉考試中選拔一部分人入院為翰林官。清制翰林院以大學士為掌院學士……等官。殿試朝考後，新進士之授翰林庶吉士者，俗稱「點翰林」。

翁仲：《辭海》：傳説秦代阮翁仲身長一丈三尺，異於常人，始皇命他出征匈奴，死後鑄其銅像立於咸陽宮司馬門外。後就稱銅像、石像為「翁仲」。（鍾注：根據長輩口述，翁仲鎮定邊疆時，威鎮匈奴，讓人聞名膽喪。死後，軍中置翁仲像，匈奴犯邊，遠見翁仲像，無不退避。後漢墓亦置翁仲像辟邪，再演變為翁仲玉器佩件。）

通判：《辭海》：官名。宋初始於諸州府設置，即共同處理政務之意。地位略次於州府長官，但握有連署州府公事和監察官吏事務，任職遠較宋初為輕。清代另有州通判，稱州判。

7

各取所需

話說一天主教神父與猶太教士相遇。寒暄客套後，猶太教士問神父：

「你們每星期日向教徒收獻金，如何與天主分賬？」

神父說：

「我們先要付神職人員、教堂所需之款，如油燈火蠟，還要

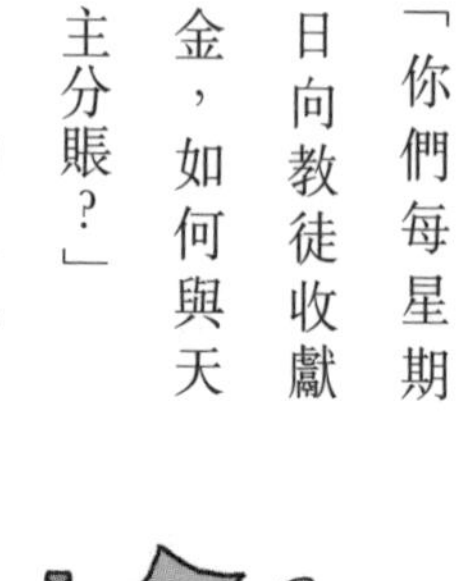

存積一些教堂維修費用，其餘皆獻給天主。」

想了一會，神父問：「那麼，你們又怎樣與上帝分賬？」

猶太教士說：「我們很簡單。我每週收到的獻金，拿到後花園，向天拋上去。對上帝說：『上帝啊，請你盡拿所需，其餘掉回地上的歸我，是所至盼，多謝上帝。』」

8

天倫顛倒

話說陳百萬的亡父乃巨賈，遺下大筆家財及大宅給他。最近，又買了官。於是在家大排筵席，賓客如雲到賀。酒過三巡，突然有家僕向員外稟告，門外有乞丐放聲大罵，要見主人，並揚言要教訓員外。雖是請客佳日，陳百萬也是謙恭之人。此人無禮，可能亦有理由。傳話請他進來，但見乞丐衣衫襤褸，蓬頭垢面，年紀老邁，態度囂張。

陳百萬說：「今日是我請客佳日，高朋滿座。聞長老說有訓言，不知是何事？」老乞丐問：「門前對聯，是何人所作？」

陳員外說是他所作。

老乞丐說：「你唸來聽聽。」

員外即誦：

「子能承父業
臣未報君恩」

老乞丐說：「五倫顛倒！你怎能『子』先『父』後，『臣』先於『君』，更以『子騎父』，以『臣騎君』？犯上欺君，罪可斬首！」

陳員外覺得他說得很有道理，賓客入門時也看到，沒有一個覺得不妥。賓主對老乞丐刮目相看，覺得這老頭有些墨水。

員外說：「所言甚是！多謝長老指點。」

老乞丐說：「你既能知錯，何不改此聯聽聽。」

員外說：

「父業子能承
　君恩臣未報」
老乞丐說：「五倫顛倒！」
員外覺得一錯再錯，恭敬地說：「懇請長老再改，則感激萬分。」
老乞丐即誦：
「君恩臣未報
　父業子能承
君、臣應作上聯，然後到父、子才可做下聯。」
主人賓客一同鼓掌，員外立刻邀入上座，舉杯道謝：「如果不是長老指教，不但不孝，還有犯上之嫌也！」再三叩謝。賓主盡歡云云。

9

愛丁堡公爵

愛丁堡公爵一生享盡榮祿，但每年也有些個人任務，因公職銜要訪問某某醫院、孤兒院、精神病院等。

這次，愛丁堡公爵來到打比郡的精神病院巡視。院長、護士長伴巡。走到一個正在下棋的人前面，只見那人走來走去，輪流在這一邊坐下，下棋。然後起來坐到另一邊，沉思後，下棋。好像是兩人下棋一般，於是駐足看

清楚他究竟怎麼一個人下棋呢。

下棋人突然停止，望着愛丁堡公爵說：「你是誰？」

答：「我是愛丁堡公爵。」

下棋人微笑說：「你真可憐，總有一天，你會醒覺。初來時，我也以為我是愛丁堡公爵！」

10 長鬍鬚

話說古時男子長鬍鬚雖是常事，但初長時不太好看，不太斯文。故常常獨自困在家裏，待鬚長後才露面。

杭州有書生胡生欲長鬍鬚，但又不甘寂寞困在家裏，與友好蘇生談起此事。蘇生說：「我正想長鬍鬚。如果我們搬往湖畔農村暫住，每日飲酒下棋，你陪我，我陪你，便不怕寂寞了，鬚夠長時，便可回杭州。」

胡生說：「君言甚是，正合吾意。」於是二人往郊區農村長鬚，待到鬚長便回杭州。

回杭州那天，清早便啟程。是日也，天朗氣清，惠風隨來，不覺來到西湖。二人慶祝長鬍成功，拿出酒具，坐在湖邊，邊喝酒，邊作詩助興。

胡生說：「西湖湖畔長鬍鬚」

蘇生應以：「長得鬍鬚一樣齊」

互相讚好，舉杯暢飲。但由早想到晚也不能完成這首七絕。有一採樵婦經過，停下來，對他們說：「奇怪，我一早路經此處往山採柴，已看見兩位公子在吟詩作賦，到現在將日下西山，你們還在這裏作詩，真才子也。」

胡生說：「這位大娘，你有所不知，我們早上每人作了一句，至今也不能完成，所以逗留在此。」

採樵婦說：「敢問甚麼句，老娘略讀詩書，望能相助。」

二人於是從頭說起。

胡生說：「西湖湖畔長鬍鬚」

蘇生說：「長得鬍鬚一樣齊」

採樵婦說：「這有何難，尾兩句：

老娘也有鬍鬚在

命不如人生得低」

11

唱雞歌

話説倫文敍家貧如洗，靠在珠江扒屎艇送米田共至農戶度日，夜間自學。某日，正在珠江扒屎艇，迎面駛來一艘舫船，旌旗飄曳。船頭站了四位書生，衣冠秀麗，左手持酒杯，右手執紙扇，迎風瀟灑。倫文敍非常好學，因旁隨舫舟，望能聽到一些文人雅談，增加一些墨水。

果然一位說：「今日風和日麗，國泰民安，吾等作詩，以助酒慶如何？」其他三書生齊聲道好。但見你推我讓了半天，倫文敍扒得滿身大汗，尚未聽到一句。再推讓了半個時辰，到了荔枝灣，首位書生看見有鵝在水上浮游，因道：「有了！我來首句：

河上游來兩隻鵝」

其他三位又推讓了半個時辰，你先，你先。終有第二位說：「有了，我來第二句：

鵝公鵝乸唱鵝歌」

剩下兩位又推讓！你先，你先。倫文敍很生氣，扒了半天，原來書生只是模樣而已，全無墨水。因大聲向船上說：「讓我替你們完詩吧！

兩個秀才放了屁

一對秀才尚未屙」

倫文敍把屎艇拼命往前扒，四位書生迎風嗅個正着，皆掩鼻躲進舫內。

12 一堆灰

話説有四個秀才模樣的公子乘畫舫泛舟珠江，詩興勃勃又不能成詩，給倫文敍以「兩個秀才放了屁，一對秀才尚未痾」搶白了，非常掃興。上岸後，沒精打彩，剛剛走了兩步，遠遠看見一堆灰，詩興又來。其中一公子指着那堆灰説：

「遠看一堆灰」

第二位公子走近了時説：

「近看灰一堆」

第三位公子以樹枝耙一耙那堆灰，即誦：

「耙開灰一看」

最後那位公子說：

「仍是一堆灰」

四位公子輪流作詩成功後，恢復了自尊心，才覺舒了一口氣，各自回家去了。

13 最短碑文

話說幾位書生酒後談論所認識之碑文，以最短為勝。各舉所識，均為三四十字。

酒過三巡，最後一位書生說：「我記得一碑，僅二十字，但已盡敘生平矣。文曰：

『公　少學文
不成　繼學
武　不成
後學醫　公疾
自醫　公歿』」

14 過門三月

話說清末廣東珠江三角洲近會城有陳村青頭仔（未婚少男）娶了李村花女（未婚少女）。婚後三月，新娘對新郎說：「我入門已有三個月，你還未碰過我，我們還未真正洞房，將來怎樣向你父母交代？」新郎不語。過了兩天，新娘說：「如果你還不行房事，我無生育，全村恥笑，令我蒙不白之冤，我將被逼告官去了。」新郎仍不睬她。她便往衙門告他一狀。

縣太爺升堂，喝問：「下跪婦人，所告

何人？」

「我告我丈夫。」

「告他何事？」

「大人，一言難盡，狀辭呈上。」

公人把李婦人的狀辭呈上。

縣太爺打開一看，原來是每句四字，共四句的打油，因誦之：

「過門三月（註一）

不見下撅（註二）

將無子孫

煙火滅絕」

縣太爺轉向新郎，說：「你是大好後生仔，為甚麼不履行你做丈夫的責任呀？」

「大人，一言難盡，辯辭在此。」

公人轉呈縣太爺，縣太爺打開一看，原來也是一首四言絕句打油，因誦：

「五六七月

天時暑熱

自身難保

留番個擫」

縣太爺托腮，心想這對歡喜冤家，頗有墨水，他也要適當應付。於是立即揮毫，判辭也是四言絕句打油，因誦：

「八九十月（註三）

唔冷唔熱

每晚三次

補番前擫（註四）」

把驚堂木一拍，叫道：「退堂！」

註一：過門：指由新娘李門進入新郎陳門。

註二：下擫：擫，粵音缺。即那話兒。

註三：八九十月：農曆七月初一立秋，八月十五中秋。

註四：前擫：指前段時間。

15

賣魚苗

話說一塘主，春節過後，要買魚苗。一名九江佬擔了兩桶魚苗到村裏來叫賣。塘主與他商議好價錢後，要買五百條。

賣魚苗的擔的是兩個闊口淺水木盆，盆內載滿魚苗，用的是闊口淺碗，每次一杓，便是五條魚苗，倒入塘裏便不見。在塘主監視下，賣魚苗的便一杓一杓的把魚苗倒入塘裏，一邊唱喏道：「二計五，二計十，二十五……」

「慢慢來，慢慢來！」塘主喝住，「你數一計五，二計十之後，應該是一十五，如何跳到二十五？你想呃（騙）人？」

「唉，九江佬賣魚苗無呃人嘅，」他一邊說，一邊手往桶裏掏出魚苗倒入塘裏，「呃人打八十，八十五……」。

16 單車竊賊

話説英國有一小鎮，人口只有二三百。鎮中有一間小教堂，每星期日全鎮男女老幼，必盛裝穿着往教堂參加崇拜。

教堂有一牧師，從不駕汽車，出入靠騎單車（自行車）。

一天詹遜先生看見牧師徒步到鎮中唯一商店購物，他問牧師為何不騎單車，牧師苦

笑，說單車被人偷了。

詹遜先生說：「我們這裏人少，有誰會做這樣缺德的事？」

他想了一想，又說：「不如這個星期日，你在教堂中講十誡。當講到第八誡『不可偷盜』時，刻意放慢來講，咱們留心看着會眾，如有人避開你的目光，相信他就是單車竊賊無疑。」

牧師說：「好主意，我會照做。」

星期日到了，全鎮的人都到教堂來，牧師講道時真的講十誡，但他講到「不可偷盜」時很快便講完，接着三扒兩撥講第九誡「不可作假見證」和第十誡「不可貪圖別人的財物」。

詹遜先生後來問他為甚麼不照原計劃行事，牧師說：「當我講到第七誡『不可姦淫』時，已記起把單車放在哪裏，所以接下來的不必放慢來講了。」

17 張一非

話說某張員外有三子一女：長子名一非，二子名二非，三子名三非。二非、三非不務正業，遊手好閒，好吃懶做。張員外臨終時，寫了遺囑，把全部家產留給長子。不久，張員外歸天。

長子便出示父親遺囑，並讀給二非、三非和妹妹、妹夫聽：

「張一非，吾子也，家財盡與。吾婿外人，不得侵奪。」

妹夫看後說：「外父的遺囑寫明是把遺產給我的，為甚麼說是給你？」

二人爭持不下，唯有告將官去。縣官升堂，張一非讀罷遺囑，縣官便說：「寫得很清楚，為何爭拗？」

妹夫說：「大人，岳丈的遺囑是寫給我的，讓我讀出來：『張一，非吾子也。家財盡與吾婿，外人不得侵奪。』」

正是：

遺囑字句要寫明
相爭起來無親情
清官難審家庭事
皆因逗點點不清

18

接相公

話說文員外請了一位教師，在家專教他的十二三歲兒子。員外對教師說：「我的兒子雖然有些聰明，但因居於鄉間，久與村童為伍，故不懂禮貌，尤其是說話很粗俗。如果你出城，請你帶他去，以增見聞。如他說粗話，不禮貌，務請嚴加教導。」

老師教了三個多月後，果然覺得這小子很聰明。一日，與員外說：「我就快結婚了，想到城裏買些婚禮

用品。是否可以與文公子同往？」

文員外說：「正合吾意。但要嚴加管教為盼。並謝。」

翌日，老師與學生出城。剛出村門，見一對狗，下體雙連，拉拉扯扯。學生問老師：「老師，這是不是『狗作野』？」

老師以紙扇指着學生說：「難怪你爹說你不懂禮貌！當我們看見這類情況，我們稱之為『龍配鳳』。」

當日天氣炎熱，走進城已一身汗。忽見一舖失火。學生問老師：「老師，這是不是『火燭』？」

老師手執紙扇順手打學生頭一記道：「讀書人看到這種情況，我們稱之為『滿堂紅』。」

走了一段路，買了很多婚禮雜物，都給學生拿着，學生流着滿頭大汗，又給老師打了一記，心有不甘，行到一殯儀館門前，忽見有人帶孝，跟着棺木，哭哭啼啼。即問：「老師，這是不是『棺材』？」

老師以扇打學生汗頭兩記，罵道：「難怪你父親說你沒有禮貌，吩咐要我教你。你記住，以後看到這些東西，我們讀書人稱之為『金銀櫃』！」

再購一些雜物，全交學生拿着，這時學生汗流浹背，面紅耳熱。走到一個很熱鬧的地方，看見一些穿紅帶綠的女人，拖拖拉拉一些男人上樓。學生即問：「老師，老師，這些女人重唔係『老舉』？」

老師連打學生汗頭幾記，罵道：「我們讀書人不能亂說粗話，正是狗口裏長不出象牙，以後看到這些不文事情，我們稱之為『接相公』！」

翌日，老師起來，看見很多村民在門口，圍觀牆上張貼，於是也來一看。村民看見他走出來，向他祝賀，恭喜恭喜！老師說：「有甚麼可以祝賀的？」一位村民說：「恭喜老師成親，更賀名師出高徒，我們看了他的詩，無不稱好！」

老師想，甚麼詩？趨前一看，詩云：

今朝老師龍配鳳

他日一定滿堂紅

但願早登金銀櫃
師母門前接相公

19

轉移航道

這是英國業餘無線電收聽者於一九九八年十月十日收到以下愛爾蘭口音（愛）和英國格蘭口音（英）的對白：

愛：「請轉航道，向南移十五度，避免碰撞。」

英：「我勸告你轉航道，向北移十五度，避免碰撞。」

愛：「不可能。你要向南移十五度，避免碰撞。」

英：「我是英國皇家海軍軍艦船長，我重複再說一次，你要轉移你現有的航道。」

愛：「不可能。你要轉移你的航道。」

英：「這是英國皇家海軍航空母艦『不列顛號』，是大西洋艦隊第二大；我艦有三艘驅逐艦、三艘巡洋艦和其他艦隻護航。我嚴厲要求你轉移航道，我重複再說，向北移十五度，在本艦隊採取進一步行動前，請立即表露你的身份。」

愛：「這是登士拿礁島燈塔，到你講！」

20

水果大學生

二十一世紀初，大陸網上微博有一則大學男生以水果取笑大學女生的訊息，內容如下：

一年級的女生是櫻桃，好看，不好吃。

二年級是蘋果，好看又好吃。

三年級是菠蘿，不好看，好吃。

四年級是番茄，她還以為自己是水果。

（只是男生的促狹，不能作準。）

21 一至十

話說當年倫文敍與文友喝酒後，其一友請倫作兩首詩，第一首需依次用數字一至十，第二首改由十至一。倫略一思索，依次誦：

一姐不如二姐嬌
三寸金蓮四寸腰
輕搽五六七錢粉
粧成八九十分俏

十九夜月八分光
七宮仙女會六郎
五更四處搞三點
二人同睡一張牀

八十年初，我聽過大陸譏諷做官的民謠，也有由一至十：

麻將一天兩晚不睡
跳舞三步四步都會
喝酒五杯六杯不醉
做官七十八十不退
抱妞九個十個不累

22

老友相聚

話說一隻客輪沉船後，一個蘇格蘭人，一個英格蘭人，一個愛爾蘭人飄流到一個荒島。每天在海灘靠吃椰子、喝椰汁渡日，非常苦悶，如是者過了六個月。

有一天蘇格蘭人在沙灘拾到了一個玻璃瓶，他滿以為是酒，立刻開了樽塞。忽然瓶中一道黑煙沖天，變成了巨人。巨人俯視海灘，看見三人，聲如隆鐘地說：「我是幻魔，被上

帝困在瓶裏，已有千年，今感謝你們放我出來，你們每人可以有一個願望，我會令它實現。」

蘇格蘭人說：「我已沒有喝威士忌六個月了，我希望我能夠身在愛丁堡的一個大酒吧裏！」

眨眼間，蘇格蘭人不見了。

英格蘭人說：「我已六個月沒有見我的家人，很想和家人團聚！」

眨眼間，英格蘭人也不見了。

幻魔巨人對愛爾蘭人說：「你是最後一個，你的願望是甚麼呢？」

愛爾蘭人想了一會說：「這六個月來，我和剛才兩位做了老友，我很想他們回來，我們可以再相聚一起。」

23 老婆生日

美國有一對中年夫婦，丈夫慶祝太太生日，在外燭光晚宴。酒過三巡後，老婆問老公：「喂，如果我死了，你會不會再婚？」

老公不悅，說：「今日慶祝你生日，好好的正在開心飲酒吃餐，有魚有肉，吃得滋味，飲得開心，你為甚麼發神經講死呀？」

老婆不語，老公盡情再飲幾杯，再祝老婆生辰快樂。回到家裏，洗澡上牀，老公好舒服，有些酒意，昏昏欲睡，老婆忽然又問：「如果我死去，你會再娶嗎？」

老公閉目不語，老婆連問幾次，老公不厭其煩，無奈隨便説句：「會！」

老婆又問：「那麼，你會住這間房嗎？」

老公説：「當然啦。」

她又問：「你們會睡這張牀嗎？」

老公被氣死，説：「難道你要她睡地板？」

老婆又問：「那麼，她會用我的高球棒去打球嗎？」

老公説：「肯定不會，因為她是左撇子。」

24

甚麼比天高？

話說孔子周遊列國講學。逢山過山，逢海過海。某日，年少力壯的顏回推着輪車，車上坐着年紀老邁的孔子，來到山頭。孔子肚如雷鳴。遙看谷中有一村屋，炊煙裊裊，更覺飢渴萬分。況且顏回已推車半日，筋疲力盡。加上山路崎嶇，正日落西山，夜幕將垂，因對顏回說：

「如果你推車下山，恐怕半夜也不達谷底。你年少力壯，一個人跑下山，向那間農戶

討些飯和水，跑回來，我倆吃喝後，精力充沛，慢慢再下山還未遲。」

顏回說：「師言甚是。」於是飛步下山，走到農戶拍門，內裏有婦人回應：「是誰拍門？」

顏回說：「我是孔子弟子，老師在山頂等候，着我跑下來討些飯水，吃了再下山。」

婦人啟門對他說：「個個都說是孔子弟子討飯吃，不知是真是假。如果真的是孔子和他的弟子，我甚麼都可以給你們吃。老娘略讀詩書，我來問你，你答得對，便給你我剛剛煮好的飯菜，拿回給老師吃。」

顏回說：「放馬過來。」

婦人問：「甚麼比天高？甚麼比地低？甚麼最好吃？甚麼最不好吃？」

顏回說：「這有何難！明月比天高，海底比地低；山珍海餚最好吃，山芋野菜最不好吃。」

婦人砰然關門，說：「你不是孔子弟子，休想進來。」

顏回拍了半天門，婦人不應。跑回山上。孔子見他垂頭喪氣，空手而回，因問何故。顏回把始末詳情，一一告訴老師。孔子說你答錯了，馬上回去如此這般答她便成。顏回再跑下山去，衝到農戶拍門，婦人內應：「你還未走，在此何為？」顏回說：「剛才我餓壞了，現在好好的休息過，想到答案了。」婦人說：「我再給你一個機會，請說。」

顏回說：「父母之恩比天高，求人之時比地低；飢餓時，甚麼都最好吃；吃飽時，甚麼都最不好吃。」

婦人邊開門，邊說：「這才是孔子的真正弟子，請進來，先喝口茶，坐下等候。讓我把餸菜、茶酒弄好給你拿回老師吃。吃完慢慢下山，歡迎到茅舍一宿，明天再趕路。」

25

令尊翁

話說一雜貨店老板與他的老婆，購了大戲（註）戲票，一連三晚。當晚關了舖，臨出門時，對六歲的兒子說：「我和你媽媽看戲，我們走了後，不要開門給任何人，不要賣任何東西。」

父母走了後，不久，有人敲門，小兒問：「誰人？」客說：「我要找令尊翁、令壽堂。」小

兒說：「沒有令尊翁、令壽堂賣。」客笑後離開。

父母看戲後回家，兒子說有人要買令尊翁、令壽堂。父親說：「傻仔，令尊翁、令壽堂不是貨物。令尊翁就係我、令壽堂就係你老母。」

第二晚，父母關舖後往看戲。不久客至敲門，問：「令尊翁、令壽堂在嗎？」小兒說：「令尊翁就係我，令壽堂就係你老母。」客愕然離去。

父母看戲後回家，兒子將此事告訴他們。父母不悅，遂拿紙筆墨寫下字條，並叮囑明晚如有人問令尊翁、令壽堂，可照讀此文：「爸爸媽媽往看戲，請明晚再來。」叫兒子讀了幾次。又怕字條失了，便用漿糊貼在門後。

第三晚，父母關舖後往看戲。不久，果然客至敲門，問：「令尊翁、令壽堂在嗎？」小兒說：「等一等。」正要看字條，卻只剩下一些碎紙痕，原來字條給甲甴（蟑螂）吃了大部分，乃說：「對唔住，令尊翁、令壽堂俾甲甴食咗。」

註：大戲是「廣東粵劇」的俚語。

26

一條蟲

話說瑞士嘉樂士農村有一人，名叫韓四，常常以為自己是一條蟲，看見小鳥，家禽便面如土色，急急閃避。他的好友費茲說：「你一定是神經錯亂，還是找個心理醫生看看的好。」

韓四找到了心理醫生，訴說他常常以為自己是一條蟲。醫

生花了三個月的時間，每週兩次診治，終於治好了。醫生對韓四說：「我很高興告訴你，現在你已治好了。你知你自己不是蟲，我也知你不是蟲。由現在起，你可以享受正常人的生活了！」韓四想想並道：「你知我不是蟲，我知我不是蟲。我可以過正常人生活了！」

謝過醫生，便告辭。不一會，韓四氣喘喘地跑回診所，醫生說：「你又有甚麼問題嗎？你已知你不是蟲，我也知你不是蟲。」

韓四氣喘喘地說：「我知道我不是蟲，你也知道我不是蟲。但是我剛拐彎經過農場，那頭兇惡的公雞不知道我不是蟲嘛！」

27 最吃得苦的民族

話說第二次世界大戰後，四個不同國藉的盟軍士兵，滯留在印度山區；一個是美國兵，一個是英國兵，一個是中國兵，一個是本土印度兵。四人都說自己的民族最能吃得苦，最能抵受身體的折磨，包括最能抵受寒暑溫差、高山低地的缺氧和

低壓、甜酸苦辣的味覺、濃香臭味的嗅覺刺激，身體可以數月不洗澡等等。

美國兵說：「美國人在開墾西部時，常給紅蕃追殺，糧水不足，與大自然搏鬥。南北內戰連年，死人無數。終於統一，西部開發也成功。天天只能吃牛排，吃到個個超磅，腹大便便，走路也不方便，非常痛苦，所以美國人是最能吃苦的民族。」

英國兵說：「我們大英帝國全球有殖民地，派兵統治殖民，要與當地的土豪劣紳為伍，又被逼要和幾個土女同居，捱齊人之樂，其實非常辛苦。如今，我們經過兩次大戰，在戰壕捱寒抵餓，在俘虜集中營做苦工兼缺營養幾年，也能生存。大英帝國人民是有史以來，不但是最能吃苦的，而且是最能苦中求樂的民族！」

中國兵說：「這算甚麼，我們中華民族，幾千年來過着捱饑抵餓的日子。你們八國聯軍欺負中國時，中國人任人折磨，日本人侵略殘殺，人民朝不保夕，一樣生存下來。中國人是人類最能刻苦耐勞的民族！」

印度兵說：「你們都是嬌生慣養。我們印度人一生出來沒有母乳，因為媽媽都不夠營養，嬰孩便吃咖喱養大，睡的牀也沒有，只能睡釘牀。每年水旱災難失收，人畜屍體到處皆是，臭氣薰天，都能熬過。你看世界上的苦行僧，十之八九都是印度人。印度人是全球人類有史以來最能抵受痛苦的民族！」

他們你一言，我一語，爭持不下。不覺來到一條窮鄉，村民以牧羊為生。當時天色漸晚，村民都把羊驅入小小石屋裏。英國兵素來是多智謀的，他說：「這樣爭持下去，是沒有結論的，不如做一個實驗。這裏有一間小石屋，裏面都是臭氣薰天的羊。我們輪流進去，看誰能逗留最長時間，便是最能捱得苦的了。」其餘三人同意。

美國兵爭先恐後的闖進去，兩分鐘後跳出來，面如土色，拚命呼吸。英國兵繼而入內，五分鐘後走出來，面紅耳熱，他上氣不接下氣說：「上帝啊，臭味難忍！」他方說完，便嘔吐。中國兵入內，一小時後出來，面色蒼白，不言不語，坐在地下喘氣。印度兵慢條斯理的走進去，不需半分鐘，羊羣一窩蜂爭着跳出來！

註：為了避免種族歧視的嫌疑，必須解釋：該印度兵不是比羊臭，而是他的背囊裏滿載咖喱，一隻老羊對咖喱特別敏感，大叫：「生不當羊牯，死不做咖喱羊！」奪門而出。其他羊聽見，一窩蜂逃出來！可能這就是「羊羣效應」的來源。

28

池上春風

話說有一賣豬肉商，名叫崔遂，人稱他為「豬肉遂」。發達後，村民稱他為崔員外。他發達的原因主要是把豬肉「吹水」，使豬肉重秤，增加重量，村裏人人皆知。

崔員外發達後，興建園林。園有一池，池邊建

有一亭。擇吉請客，時值春天，鳥語花香。酒過三巡，林員外説：「多謝各位賞臉駕臨舍下。今天，酒微菜薄，不成敬意。現有一請求，池邊一亭，尚未命名，請賢者提名。」

座上客面面相覷，無人應請，獨有倫文敍毅然站起來，走到已準備好的寫字桌上，提起大筆，一揮而就，眾客圍觀叫好。崔員外催前一看，四個秀挺大字：「池上春風」。

第二晚請客，展示倫文敍書法，眾客鼓掌。獨有一父老走到崔員外身邊，細聲説：「此扁不能掛！」崔問何故，父老説：「池上春風吹甚麼？」崔即答：「吹水。」

29

二二八八

話說瑞士某宅，半夜三更，電話突響。

中年婦人起牀，穿了拖鞋，再穿睡袍，往客廳，開了電燈，找電話，拿起聽筒，她半醒半睡說：「喂，找誰？」

電話筒的一把女聲說：「你的電話是不是孖二孖八？」

婦人說：「不是，我的電話是二二八八。」

對方說：「對不起，我打錯了電話，要你起牀。」

婦人說：「不要緊，電話響了，我反正要起牀。」

30 鱷魚鞋

話說有兩個愛爾蘭人，一名桑，一名莊，初到倫敦，走進牛津街，但見五光十色，店舖林立，甚麼珠寶金錶、皮草絨褸，琳瑯滿目。行人眾多，車水馬龍，熱鬧非常。這裏的貨色比都柏林貴一點，但樣款比較多。拐一個彎，轉入龐德街，行人漸少，廚窗佈置精

緻，有些只展示一兩隻手錶。走到一個大廚窗，只放了一對鱷魚皮鞋，由紅色天鵝絨承托，由一盞射燈照明，非常耀目。一看牌價，要八百磅一對！

莊對桑說：「這裏的人很蠢，鱷魚皮鞋也賣到八百鎊！我建議，我倆可先租一小店，你比我高大，可往非洲尋找鱷魚。一個月後，我裝修好了，你便回來，我們可以賣鱷魚鞋發達了！」

莊果然租了一小店，桑去了非洲，一個月後，裝修好了，桑還未回來。又過了一週，莊等得不耐煩，又要交相當昂貴的店租，便往非洲找桑。莊走了幾條河，找不到桑，便問土人：「有否見過一白人？」

土人回答：「上週有一白人來過，往河裏捉鱷魚，現在可能去了芒河。」

莊往芒河，但見桑正與一條十多尺長的鱷魚搏鬥，滿頭大汗，滿身傷痕和泥漿。好不容易才把那條巨鱷翻轉，並可看清鱷魚腳時，桑憤怒地說：「如果這條鱷魚沒有鞋子，我便會立刻放棄，返倫敦找莊。」

31

喜拉你

話說黑林遁當了總統後，全國人都知道是他的太太喜拉你在幕後策劃，因為她的政治智慧比丈夫高百倍。

有一次黑林遁駕車，回喜拉你老家一遊，讓她在鎮民面前風光一下。剛要入鎮時，汽油就要完了，

便駛進入油站。一位英俊的油站服務員上前正要問入甚麼汽油，喜拉你飛奔下車，忘形地叫「彼得」，兩人便擁抱狂吻，幾分鐘後分開，喜拉你整理衣服頭、頭髮後，再回到車上。付了油錢，黑林遁馳車離開油站，並問剛才那個男人是誰。

「他是我青梅竹馬的男朋友彼得。」喜拉你回答。

「幸好你嫁了我，否則你會是入汽油服務員的妻子了。」黑林遁洋洋自得地說。

喜拉你淡然回應：「如果我嫁了彼得，他便會是美國總統。」

32

葉先生

話說，林員外請了一位姓葉的老師，專教他七八歲的小兒。教了幾天，葉先生眼尾不時瞧見一位小姐婀娜的背影，經過堂前，偶然小姐也回頭一笑，年華貌美，弄得葉先生神魂顛倒。遂問這位小姐是誰，答是姐姐。時值深秋，因作上聯打探，煩小弟弟轉交姐姐。聯曰：

黃金遍地飄殘菊

翌日，問小弟，姐姐有沒有反應，小弟出示姐姐下聯：

碧玉年華待破瓜

葉老師看了興奮萬分，想入非非，或可冒險往閨房一探，遂出上聯，請弟弟再送姐姐：

有客扣窗驚午夢

林小姐看了，覺此人大膽無禮，要玩弄他一下。翌日，弟弟傳姐姐下聯：

無人伴枕語春宵

這回葉老師真個銷魂，以為小姐動情，並想採取進一步的行動，作上聯請弟弟送：

林密山深　教孺子如何下手

林小姐一看此上聯，已知事情越鬧越大，必須立刻停止。翌日，弟弟交下聯給老師：

水落石出　笑愚夫枉費機心

葉老師滿腔熱情給潑了一盆冷水，心有不甘，明明是小姐挑逗他，遂出上聯，弟弟再送：

竹本無心　外邊偏生枝節

林小姐讀了，知道老師火燄已收。她是大家閨秀，戲墨而已，怎能隨便鈎三搭四？擬下聯收場，弟弟傳給葉老師：

藕雖有孔　內裏不染污泥

老師知玩完，但真想與才女佳人一會，問弟弟姐姐之芳名，答曰林秀茂，即作上聯：

竹筍初生　何日得逢林秀茂

弟傳姐閱，這回應是完場了，要葉老師死心，因作下聯：

梅花未放　幾時輪到葉先生（註）

註：梅樹在隆冬時節，先開花，後出葉。

33

緘默是寶

話說輝仔只有六七歲，正是童言無忌的時候。有一次到姨媽家吃飯，輝仔說了些不吉利的話，後來姨媽小產，都歸咎於他。輝仔媽媽很不好意思，除了教導他外，亦盡量避免帶他到姨媽家。

過了一年，姨媽請母子二人吃飯。媽媽對輝仔說：「姨媽又懷孕了，這次不要亂說話，最好別出聲。」

果然，輝仔整頓飯保持緘默。直到姨媽送客時也一言不發。臨別時，姨媽問：「輝仔，為甚麼你今晚整晚沒有出聲呢？」

輝仔說：「如果我出聲，到你小產時，又會歸咎於我了。」

34

十誡

話説摩西蒙上帝召見後，從聖山下來，兩手各捧着一片石塊。有一族人見摩西容光煥發，非常莊嚴，便問他：「你手中拿着的是甚麼東西？」

摩西説：「上帝剛剛交十誡給我。」

族人問：「甚麼是十誡？」

摩西説是上帝給我們做人的誡條：

第一誡：欽崇一天主在萬有之上。第二誡：毋呼天主聖名以發虛誓。第三誡：守瞻禮主日。第四誡：尊敬父母。第五誡：毋殺人。第六誡：毋行邪淫。第七誡：毋偷盜。第八誡：毋妄證。第九誡：毋貪鄰居妻。第十誡：毋貪他人財物。

「共十誡，分兩塊石頭刻上，各有五誡，上帝要我們遵守。」摩西說。

族人問：「每塊多少錢？」

摩西說：「免費。」

族人說：「既然是免費的，為甚麼你不拿多幾塊？」

35

撒屁記

話說一位老華僑，在英國倫敦唐人街當廚師。做了幾十年，如今退休。日來無事，便到酒吧喝酒。

年青英國酒保，見他孤獨一人，便與他答訕：「聽說你們中國人，喜歡賭錢，是否屬實？」

老廚師說：「這話當然是真的。」

「那麼你們賭甚麼？」酒保問。

老廚師說：「我們甚麼都賭。比方說我

們打賭五鎊，我的舌頭可以舔我的左眼。」

酒保不信他的舌頭可以這麼長。兩人便各自拿出五鎊，放在吧枱上，酒保注視老廚。只見這老廚師不慌不忙，把左眼球挖出來，放在嘴邊，略伸舌頭一舔，然後放回眼穴去。

酒保輸了，很不服氣，說：「這幾乎是欺騙，算你。你們還賭甚麼？」

老廚師說：「我和你打賭十鎊，我的牙可以咬我的右眼。」

酒保想，你不可能兩隻眼都是假的，這是我的機會，於是兩人又各自放十鎊在吧枱。老廚不慌不忙，把成副假牙除下，拿往右眼前，說道：「咬！」

酒保又輸了，他說：「我不再和你打賭了，都是騙人。」自去清理吧枱和酒杯，老廚師拿着一大杯黑啤，逕自往與其他人打招呼。半個小時後，回到吧枱，與酒保說：「我和你打賭，我……」

「我不會再和你打賭了。」酒保打斷了老廚師的說話。

「我和你都是打工的，當然不想騙你的血汗錢，現在給你一個機會賺回所有輸的錢，加上利錢。」

「我不會上當。」酒保說。

「你先聽我說，我們打賭二百鎊。我站在這邊吧枱上，你拿着香檳桶在那邊吧枱上。我在這邊小便，要每滴尿都掉進你的香檳桶內才算我贏。」

酒保一看，心想：吧枱長約二十英尺，這老頭怎能每滴尿都可以掉進那邊的香檳桶呢？簡直是天方夜譚，我肯定會贏！

「好，我接受。」酒保說。酒保拿着香檳桶跑到吧枱盡頭。另一邊，老廚師爬上高椅，再爬上吧枱。解開褲頭，開始撒尿。尿流得很慢，每滴都掉在他面前的枱上，老廚師自言自語說：「少時射出街，老時滴濕鞋。唉，沒辦法！」

所有圍在酒吧的人都用奇異眼光望着這個老頭撒尿，酒保獨自鼓掌大笑。一面說他贏了，一面清抹吧枱上的尿。老廚爬下來，坐下喝啤酒。酒保清理後，等着把二百鎊收下，對老廚說：「你們中國人為甚麼明知會輸，也會賭？」

老廚微笑說：「我剛才和那位紳士模樣的人打賭五百鎊，在你的吧枱上撒尿，你不但不罵我，反會大笑，並替我清理。現在我們兩個都贏了。失陪，現在我要去收錢了，回來給你二百鎊。」

36

橫水渡

題解：城市長大的青年人，可能不知甚麼是橫水渡。鄉間小河無橋者，有小艇載過路客至彼岸，渡過橫水。小河水淺，小艇由船夫用竹杆撐渡。香港人稱之為「街渡」是也。

話說一橫水渡艇坐滿路客，尚有一空位，多來一客，便可開船。等了半個時辰，突然來了三人，三人爭上。一個是雄赳赳的武夫，一個是文縐縐的書生，另一個是年紀老邁的村婦。

大隻佬曰：「本人不欺文弱書生、年老婦人，故不武鬥，文鬥如何？」

書生曰：「正合吾意。」

二人望着老婦，老婦曰：「請便。」

大隻佬曰：

「箭咀尖尖
攀弓圓圓
連射三箭
高中狀元」

原來這位仁兄是武狀元！正要登舟，書生曰：「請慢，小生尚未作詩。詩云：

筆咀尖尖
墨硯圓圓
連考三試
高中狀元」

原來這位仁兄是文狀元，話說那朝代重文輕武，武狀元當然要讓文狀元三分了。正要登舟，老婦曰：「公子且慢，老娘尚未開口。」文武狀元看這村婦，那裏是對手，齊道：「請便。」老婦即誦：

「十指纖纖
面口圓圓
連生三子
兩個狀元」

看官，文武狀元知道已中計，此婦人嘲笑他們不過是她的兩個兒子而已，已知吃虧！仍然齊聲問：「你第三個兒子呢？」老婦道：

「三子不肖
在此撐船」

至今二十一世紀，沒有人知道老婦是否真的有兩個兒子是狀元，更不知第三個兒子是否那個撐船佬。如果是的話，文武狀元亦明白要鼓勵孝道，更何況她的詩工整押韻?於是左右扶持，助她上船也。

37 猜一物

話說老村婦上了橫水渡後，坐定船開。坐在鄰旁農夫模樣的人說：「剛才我聽到你的對答，你的才華很了不起。」老婦問：「你想不想再聽？」旁人點頭。

老婦說：「我有一謎語，猜一物件，小心聽，謎面是：

想當初　綠蔭婆娑
自歸郎手　綠少黃多
受盡了風波　受盡了折磨
休提起　提起時
淚滴滿江河」

全船人都很欣賞這首詞，看看那婦人，又不像是風月中人，樣子溫淳清秀，不像是受過折磨的人。各人想來想去，拗頭騷髻將到彼岸也想不到，請老婦開謎。老婦站起來，準備上岸，順手指着船夫的撐船竹。

「啊，原來是撐船竹！」眾人同讚同嘆。

38

建牙盟

宋朝世界，無產階級想發達，富家子弟想功名，只能循科舉試一途。宋詩人汪洙《神童詩》首四句刻劃當時情形：

天子重英豪
文章教爾曹

萬般皆下品

惟有讀書高（註）

科舉制始於隋朝，唐代每年及第不超過五十人，至宋太宗每年及第有五百人，科場盛況空前，尤以南方沿海的窮鄉，每到試期，貢生赴汴梁（今開封市）者眾，貧家書生晝行，夜投簡陋客棧。富家公子，夜宿青樓。

話說廣東有一富豪公子張生初赴試場，途中夜宿妓院，正所謂青頭仔上青樓，與溫文貌美妓女阿嬌一夜情。翌日，張生發覺阿嬌不但貌美，且是一夜可定終生的人，決定要娶她為妻，固敲斷門牙定情，對阿嬌說：

「我今赴試場，如考得功名者，決定回來娶你為妻，到時你稱我做公子，我叫你做娘子，以此牙為盟。」

二人相擁哭別。

看官，你以為敲斷牙是說笑而已，非也。且聽我慢慢道來。

一九九七年眾人皆知是香港回歸年。同年，香港古蹟辦事處，聯同中國社會科學院考古研究所，在馬灣東灣仔北一個遺址，進行考古發掘，掘出一堆人骨，其中成年男、女頭骨各一。男頭骨一隻門牙被敲斷，專家說這在南中國沿海於新石器時代某些民族常見，可能是成年的一種表現勇敢果斷的儀式，如某些民族割包皮、穿鼻、鈎舌、紋身，非洲更有以槍標殺一頭兇猛雄獅為成年戰士。這次中港合作在馬灣更發掘出唐代一官窰和一民窰。發現頭骨和兩窰，被獲選為一九九七年中國十大考古新發現之一。

話說回來，張生果然考中及第，先打發差人回鄉，向父母、族人報喜，自己前來青樓接阿嬌，誰知阿嬌不能認出張生是誰，張生氣曰：「這是不可能的，因為我敲下門牙以為盟約，可謂『牙齒當金使』，如今你這樣善忘，不忠不貞，不娶也罷，但請還我門牙。」

阿嬌忙取出錦盒，張生打開一看，內裏約有幾十隻，不知那隻是自己的！

註：爾曹：你們班後生。

39 好聯共賞

編者按：這不算是笑話。但如果你不幸是下聯中的父母，請除了苦笑之外，盡量一笑置之。

（一）

話說廣州二戰前有大同酒家，門口有對聯：

大包易賣　大錢難撈　針鼻削鐵　只向微中取利

同子來多　同父來少　簷前滴水　幾曾見過倒流

世事人情，一絕聯也。（註一）

後語：如果你是下聯的兒女，讀後請你立刻請你父母吃一頓飯，令他們會心微笑，不須等到父親節、母親節。

（二）

又話說廣州二戰後有一小茶樓新開張，老板是位有文化、有幽默感人，又為了招徠生意，乃出上聯，如能對到下聯者，可免費奉上美酒佳餚一頓。上聯為：

為名忙　為利忙　忙裏偷閒　飲杯茶去

此上聯遍傳廣州後，很久無人能對。終有一天，一位衣冠不整，睡眠不足的文人模樣男子漢，來到茶樓，以睡眼閱誦上聯，即説，拿紙筆墨來，即席揮毫：

勞心苦　勞力苦　苦中尋樂　拿壺酒來

店主早在旁看在眼內，不但字體蒼勁，而且對得工整，非常高興，馬上笑呼夥計先「拿壺酒來」，與鬍鬚漢對坐，對飲，然後奉上佳餚，不在話下。(註二)

(三)

再話説，吾友李君很多年前送我一新春對聯，聯曰：

天上月圓　人間月半　月月月圓逢月半

今夕年尾　明日年頭　年年年尾應年頭(註三)

註一：大同酒家聯，錄自梁羽生《古今名聯談趣》，天地圖書有限公司，一九八四。梁羽生文中說有原聯版本，是他文友楊柳風抄給他的，聯曰：

大包不容易賣，大錢不容易撈，針鼻鐵，盈利只向微中削；

同父飲茶者少，同子飲茶者多，簷前水，點滴何曾見倒流？

註二：故事及對聯由一新會同鄉長輩口述。

註三：第二次大戰日佔香港時，李君逃難到曲江，除夕在市集中見有此聯出售，認為絕聯，故強記下。

40

誰最早發現新大陸

根據西洋史，哥倫布、麥哲倫及庫克（Columbus, Magellan and Cook）最先發現南、北美洲和澳洲。

根據一位退休英國潛艦艦長孟西士的著作《中國發現世界》一書，中國人是早過以上的西洋探險家發現這些「大陸」。

根據本人的神秘資料，中國人之中，最早發現南美新大陸的是廣東人。

話說哥倫布在一四九二年九月九日，船艦開到現今的巴西東岸，命令小隊

長用小艇馳往沙灘，問問土人這個地方叫甚麼名堂。小隊長率領八名水手，把小艇划近沙灘，冒着一陣陣的濃霧前進，小隊長命令停止，然後涉水步行。

與此同時，在這沙灘上，有一名五、六歲的女孩子在沙灘上掘蜆。小隊長涉水路行了一段路，突然霧退，見到灘上這個女孩子，大聲用葡萄牙語問：「孩子，這兒叫甚麼地方？」

女孩子在灘上拾蜆，突然霧退，見到個身材魁梧，滿臉胡鬚，高鼻深眼，全身披着發亮的盔甲，頭上有奇形頭盔，奇裝異服，用奇怪語言，大聲向她呼喝，嚇得連那蜆籮也掉了，回頭向媽媽大叫：

「呀，乜野嚟㗎。」（註）

看官，小隊長聽得很清楚：「啞，乜野嚟㗎」是「 A-me-ri-ca」。急急回小艇，划回上艦，向哥倫布報告：

「報告隊長：這地方叫America，報告完畢。」

註：「乜野嚟㗎」，廣東話，即「甚麼東西」。

41

皇帝賞雪

中國民間傳說，有一位君主，自稱「皇帝」，無人反對，何解？其由有四：

一、秦後唐前，最早來華「大唐景教」的西洋傳教士，正沿水、陸之一帶一路兩條絲綢之路，尋找國泰中原。那個時期，在中國無人懂說歐洲任何語言，包括英語。

二、同時，那年代，尚未有人留學西歐以西的島國回來。故全國朝中和朝野學者，無一人懂得英語的King和Emperor的分別。

三、根據中國古字之一字多意：「王」者皇也，「王」者方也，「王」者匡也，「王」者黃也，「王」者往也。

四、所以，由於以上三種原因，此君主自封為皇，並詔告天下：「自古以來，哪個『王帝』或『皇帝』不自封？難道要寡人來個真普選不成？」

話說那位皇帝與兩位大臣，邊飲酒，邊賞雪。皇曰：「兩位卿家，來一首詩助酒興如何？」

這兩位大臣，一位叫毛麥，一位叫張智。毛麥才料有限，所以廷中人稱他為「無墨」，但他要討好皇上，搶着說：

「一片一片又一片」

皇上看着天空飄着白雪一片片，認為這句詩還不錯，笑臉等着第二句。毛麥壯着膽子說：

「兩片三片四五片」

皇上笑臉收起來，望着毛麥，毛麥望着張智，這位張智做事較慢，廷中人常常稱他「將至」未至。張智沒有表示，毛麥再拼了老命說：

「六片七片八九片」

皇上臉有不悅之色，毛麥恐怕今次闖禍了，乞憐地望着張智，張智說：「毛卿喝得多了一點，一時忘記了。我曾聽他誦過：

「飛入梅花看不見」

這才救了毛麥一條老命。

42

飛來鶴

經過這次教訓後，毛麥虛心向張智學習。

一日，黃昏時分，皇帝與這兩位大臣一邊欣賞晚霞，一邊喝酒。當時，落霞裏突然飛出一隻鶴，皇上高興極了，因曰：

「兩位卿家，來一首詩助興如何。」張智似乎聽不見，毛麥性子急，又先說了：

「天外飛來一鶴兒

頭頂朱冠全雪衣

……」

皇帝故意打斷及為難毛麥說：「我剛才看見的似乎是隻黑鶴，你為甚麼說成白鶴？」

毛麥不知如何應對，望着張智，心裏着急。心想，今次又闖禍了，對張智整眉弄眼。張智好像看不見，皇上有點不悅，毛麥額上冒汗，正要扯張智衣袖，只見張智再喝一口酒，慢吞吞說：

「只因貪食歸來晚

誤落羲之洗硯池」

皇帝拍掌叫道：「好詩！好詩！乾杯！」

43 一指禪師

話說清末有三位書生，上京考試前夕，聞說流浮山上有法華寺，寺內有一位禪師，能知未來過去。三人商議後，往訪禪師。

抵埗後，小和尚引見。三人參拜畢，一書生說：

「大師，我們三人即將上京考試，不知成敗如何？特來恭請大師賜教。」

只見大師閉目養神，屈指一算，伸出了

左手一隻食指。三人齊說這是甚麼意思，禪師說：

「天機不可洩露，到時你們便知。」

三人不得要領，謝過禪師便往山下走。三人走後，小和尚問：

「師傅，你的意思是說三人中只有一人考中？」

「是。」

「師傅，如果他們三人中，兩人考中又如何？」

「那麼便是一人不中。」

「如果三人都考中呢？」

「便是一齊中。」

小和尚呆望着師傅的指天指，頓悟這隻手指的威力。

翌日，又有四個書生來，請教禪師，問他們上京考試成敗如何？禪師又舉起一隻手指。四人問何解，禪師閉目答曰：

「天機不可洩漏。」

四書生無奈，謝後告退。小和尚心想：這次是四人，又是一指？因問：

「師傅，如果四人考上……」

「一齊得。」

「如果四人考不上？」

「一齊唔得。」

「三人考上？」

「一個唔得。」

「三人考不上？」

「一個得。」

「二人兩不上？」

「一半得。」

「二人考上？」

「一半唔得。」

小和尚呆望着師傅的指天指，深感一指的威力，佛法無邊，阿彌陀佛。

44

登基記

話說當年蔣經國患嚴重糖尿病，最緊張的是美國政府。擅長說三道四的美國政府發言人，這次希望能夠從蔣經國口中知道誰是下任總統，爭先向世界報導。於是，從中央情報局選一個善於說中國話的探員山姆，混入CNN，建議當今海峽風雲時勢，應派他去訪問蔣經國。

經過迂迴的外交接觸，終於蔣經國恩准接見山姆。山姆一早便到迎賓室等候。過了一個時辰，蔣經國由兩位白衣天使扶出來，腳步蹣跚，孱弱的身體搖晃不定。好容易才坐下來，山姆用他最好的華語說：「多謝總統接見。我們美國報界想問蔣總統，下一任總統是誰？」

這一問，蔣經國突然尿急，示意兩位護士，白衣天使很小心地扶起他，他一邊使勁地站起來，一邊對山姆用帶有浙江口音說：「你等會。」便慢慢地走往廁所。

山姆立刻站崗，等到他們離開了房間，便即時回到賓館，發電中情局：「台灣下一任總統是李登輝」。

台灣傳媒早已佈下天羅地網，跟蹤山姆言行。收到了此重要消息，立刻印號外：「蔣經國總統親點李登輝繼任為下一任總統」。(註)

註：九十年代有一年與幾位友人訪台，租車一週，由高雄駛往台北，到處欣賞台灣風光。兩天後，司機覺得我們待他不錯，共同進食，共同說笑。此笑話是司機講的。

45

批命

這篇笑文要花時間解釋一下香港的「唐人樓」。上世紀年代，灣仔區的唐人樓，大部分尚存。這種下舖上居的樓房多是四層，每層七百平方英尺，有一層一伙的，也有一層住三伙人的，分前房（騎樓房）、尾房及中

間房；前後房光猛通風，中間房無天然光，通風較差。（註一）

話說香港寸金尺土。一九六四年盛夏，熱不可耐。加上制水，住在一層多房的住戶，更加難受。每四天來水四小時，單身住客更有苦難言，因為下班趕回家時，還要排隊輪水，輪到單身客，水流已緩慢至涓滴。

中間房住客老陳是單身，近日感覺身體不適。一日與尾房老李相遇。老李說：「你近日氣色不佳，最好找個算命佬睇睇相，『鐵算盤』很靈，但他要有時辰八字。」老陳說：「原來是氣色，無怪近來周身唔掂。」

翌日一早，老陳找到鐵算盤，說是鄰房老李介紹。鐵算盤看過八字，一邊手指掂算，口中唸唸有詞；一邊落足眼力，觀察老陳氣色，突有所感，飛筆落紙。揮就，遞與老陳，說：「既然是老李介紹來，只收開筆費五皮（註二）。」

老陳再三道謝。只收五元，不好意思問長問短，只好告別。在鐵算盤門口，小心細讀批文：

此命生於申酉　唯是命犯五鬼

壬辰秋　有一險　甲子年　大難臨頭

心想，今年是甲子年！老陳這一驚，非同小可。只有半年命，如何是好！飛步回家途中，幾乎給車車死！找到老李，遞上批文，說鐵算盤只收五皮，沒有解批文。老李閱後，再看老陳，只見他面如土色，大笑不止。

老陳說：「人家大禍臨頭，只剩半年命，你還在大笑，不夠老友。」老李笑罷，說：「你不要心慌，讓我唸來，批文說：你此命生於『身有』，唯命犯五鬼。即是說你的『五隻手指』。『壬辰秋』即『任身抽』，抽出來的蝨乸，蝨乸有一險。『甲子年』，即用手指甲一撳，蝨乸便沒命！大難臨頭的是蝨乸，不是你。我見你幾個星期沒有沖涼，週身生蝨乸，所以悟出鐵算盤批你污糟！今後我提早下班，替你輪水。你要天天沖涼，便可長壽百歲也！」

註一：比起今天的劏房，已經不錯了。

註二：香港通俗語，「一皮」即一塊錢。

46

騾耳太長

有一威爾斯老農夫，每週驅騾赴市賣菜，週年如是。這一天，騾仔走到橋前下停下來。老農夫以樹枝打牠，牠走了一步，又往後退。老農夫自言自語：「為甚麼你停下來？」

往前一看，原來騾耳給橋底擋住。他

說：「你這隻懶騾，吃草多多，氣力不增，卻長長了耳朵！」遂拿起鋤頭往橋底鋤，打算鋤開兩條坑，讓騾仔走過。

剛鋤了兩下，有一巡警路過，立刻制止他。問他：「你為甚麼要鋤這條橋？你知道這條橋是十六世紀的文物嗎？破壞歷史文物要罰款兼坐牢。」

老農夫說：「哪我怎樣赴市？騾子不肯走，因為橋底擋住牠。我問你，賣不掉菜，我怎樣過活？」

巡警說：「原來如此，這事很容易解決。我告訴你，你可以鋤地，地面低了，騾子便可以走過。」

老農夫說：「巡警老爺，你有所不知，這騾子不是它的腿太長，而是它的耳朵長得太高！」

47

五餅二魚

話說愛爾蘭有一小村，奧紐神父每週日在教堂講道。半醉的村民八地每週日都很誠心，坐到前排中，用心聆聽。

該日八地照常坐在前排，神父說：「今天我講耶穌創造奇蹟。耶穌向五千名漁民宣道。到中午時，耶穌說他會給漁民分派午餐。於是拿出五萬塊餅，二千條魚，分給漁民。漁民個個吃飽，這真是一個奇蹟！」

坐在前排的八地舉手，奧紐神父問他有甚麼問題。

八地說：「這不算奇蹟，五萬塊餅，二千條魚，分給五千個漁民。當然吃飽了！」

神父才知道自己說錯了，非常尷尬。講道過後，回到後室，即電主教說：「我剛才在講道前犯了罪，喝多了兩杯威士忌，把五餅二魚說成五萬塊餅，二千條魚，罪大惡極，今向主教懺悔。」

主教說：「不要緊，人誰無錯。不過，下週日早上切忌喝酒，把五餅二魚奇蹟再說一次。這次不要弄錯了！我會向天主禱告，請祂饒恕你。」

下週日奧紐神父滴酒不沾唇，在講壇上再清清楚楚地說：「……到中午時分，耶穌拿出五餅二魚分給五千個漁民，個個吃飽了，這真是一個奇蹟！」

坐在前排的八地舉手，神父不耐煩的問：「八地，你又舉手做甚麼？」

八地說：「這不是奇蹟！」

「這為甚麼不是奇蹟？」神父問。

八地說：「上週五萬塊餅，二千條魚尚未吃完，剩下來的，今週當然夠五千人吃了。怎能算是奇蹟呢？」

48

賣領呔

十九世紀英國統治中東全盛時期，一個英國人在沙漠中迷失。走了一天路，身體疲倦，腳軟，口渴。日落時分，遠處有人騎着駱駝，正向他的方向走

來。英國人心想：有救了！當這個人走近時，即問他取水飲。這個戴頭巾的阿拉伯人卻問：

「你要不要買領呔？」

「我不要領呔，我要水！」

「你不買領呔便算了！」

阿拉伯人騎着駱駝朝着日落方向消失。

第二天，太陽很猛烈，這英國人口唇皮膚開始乾裂，半走半爬在地上，寸步難移。日落時分，又來了一個戴頭巾、騎着駱駝的阿拉伯人走近，英國人以手示，指着喉嚨，以沙聲說：「水……水……」阿拉伯人問：

「你要不要買領呔？」

「我要水……水……！」

「你不買領呔便算了！」

駱駝向着日落方向，慢慢消失。

當夜月明，他繼續爬爬行行，到天亮時分，總算天無絕人之路，他竟然來到了一個小村莊，莊裏有一個酒吧，他爬進這個酒吧，爬上吧枱，向正在抹酒杯的吧佬（酒保）說：「水……水……我要水……」

吧佬看一看他，仍然在抹酒杯，一邊說：

「先生，很對不起，我們不會對沒有打領呔的客人提供服務。」

49

亞當夏娃

一羣年青中學生爭論着上帝是否存在，激辯中有一位和事佬想緩和一下過熱的氣氛，問：「你們認為亞當與夏娃是甚麼人種？」

這一問，熱鬧起來了。有些說是猶太人，有

些說是埃及人，有些說是阿拉伯人，眾說紛紜。那位和事佬說：「我不知道究竟他們是甚麼人，但我肯定他們不是中國人。」

「你為甚麼這樣肯定呢？」眾人搶問。

「如果他們是中國人，當然會先食蛇，怎麼會吃蘋果呢？就算吃蘋果，亦會於食蛇後，才吃拔絲蘋果呢！」

50

天地絕聯

話說齊天大聖大鬧天宮後，玉皇大帝設宴，委派觀世音菩薩往收拾他。酒過三巡，詩興大發，因道：

「今天蒙各位神仙到臨，歡送觀世音菩薩下凡，收拾那

不知何方神聖的孫悟空。朕出上聯，望有賢者對下聯助慶，上聯曰：

玉帝行兵　雷鼓雲旗　風刀雨箭　天作陣」

座上眾仙家面面相覷，無一以對。時已不早，眾仙感謝盛宴，歡送觀世音菩薩下凡後，不能盡歡而散，玉帝耿耿於懷。

不久，觀世音菩薩在凡間收拾了孫悟空後，玉帝建議在海龍皇殿擺慶功宴。一時蝦兵蟹將，忙個不了。玉帝率眾仙到海龍皇殿，觀世音菩薩當然是座上貴賓，玉帝坐正，海龍皇坐側。果然是奇珍異果，山珍海餚。酒過三巡，海龍皇說：

「歡迎玉帝駕臨，慶賀觀世音菩薩降順孫悟空，望他能修得正果。玉帝歡送觀世音菩薩下凡時，作了上聯，本人才疏學淺，一時不能對，今趁慶功宴盛會，三杯落肚，詩興大發，忽得下聯，膽敢呈上，望玉帝、觀世音菩薩斧正。下聯曰：

龍皇夜宴　星燈月燭　山餚海酒　地為盤」

玉帝開懷大笑，讚好不絕，觀世音慈顏大悅，眾仙無不鼓掌，大喝大嚼一頓，盡歡而散。

51

倫文敍買魚

話説京試期，一批廣東書生由廣州上京應試。當時各地貢生雲集於京，有錢的皆住上高檔的福來飯店。倫文敍家貧，住在西郊客棧，候試期間，也來墟市趁趁熱鬧，一睹京城鬧市風光。但見市集熙來攘往，車水馬龍。

有鯉魚檔和鄰旁的豆漿檔，生意奇旺。魚檔有橫布額，上書：

童叟無欺　稱準價實

魚販時不時舉起算盤搖幾搖，算子格格有聲，高聲叫賣。豆漿檔也有橫布額，上書：

手磨大豆　幼滑清香

一羣粵書生來到魚檔前，見只剩下來一條肥大的鯉魚，正要買下來，帶返飯店，名廚烹食。京城才子柳先開，每天必買鯉魚一尾，歸家以酒烹食，是魚販的老主顧。他很看不起這羣南蠻書生，心想難一難他們也好。因道：「賣魚老闆知我是常客，如果我要買，他一定會先賣給我的。但我素來尊重文人，我出上聯，公子們能對上下聯，你們便可以買這尾肥魚吃。如果對不上，只能讓我買了。」

粵書生乃屬初生之犢，又不認識這個粗人是誰，因道：「放馬過來。」

柳先開說：「請用心細聽，上聯：

稱直鈎彎聲朗朗　知輕識重」

這羣粵書生個個面面相覷，你推我讓，半天也無以對。見旁邊站着倫文敍便如見救星，說：「倫兄，你來。」倫文敍不慌不忙說：「剛才先生詠魚檔，真可謂聲朗朗。在下試吟豆漿檔，勉強或可作下聯，由先生決定合格否？下聯：

磨圓心扁齒花花　含粗吐幼」

柳才子一看這位布衣書生，生得眉清目秀，即上前打鞠作揖說：「剛才有眼不識泰山，願結為友，到舍下小住如何？」攜着倫文敍的手，回家去了。書生們亦很感激倫文敍，買了肥鯉回福來飯店去了。

52

春天佳話

話說張書生上京考試。試畢，郊遊散步於田野，見一村女在田間工作，身手敏捷婀娜，天真爛漫。時值春日，風和日麗，詩興大發，寫了一首詩送給村姑。村姑娘沒有讀書，不懂其意。書生說，你回家給父親看，如他滿意，我很想和你相好。明天我再來看你。村姑回家

後，把詩交給父親，詳細說明因由，村姑表哥也注意聽。父親因誦：

春天佳日春景和
春人路上唱春歌
春堂學生寫春字
春房閨女繡春羅

父親少時也讀過書塾，因說：「此書生詩也不錯，但我們是耕田的，既無讀書之機會，也沒有絲綢可穿。明天你對他說，耕田人最要緊是運程好，切勿有官司糾纏，六畜興旺，家裏無蛇蟲鼠蟻，我們是自己造酒、造醋，希望過好日子。」

翌日，書生充滿希望來見村姑，問她的父親如何評價他的詩。村姑娘如此這般說了。書生說：「我現在再作另一首交你，包保你父親喜歡，我明天再來見你。」

當日村姑農作完畢，回家以詩示父，父親一看，原來是一首詞：

今年好

倒霉少

不得打官司

養豬養成象

老鼠全死了

造酒做成

醋　酸了

村姑父親這一邊讀，面有喜色，那一邊表哥看在眼裏，心想：如果我多年來心愛的表妹給這書生搶了，這還了得。

村姑父親讀完後，稱讚詞寫得很合耕田人的心水，叫女兒明天把書生帶回來見一見面。表哥心急了，情急智生，對姨丈說：「這位仁兄嘲咒我們！」姨丈說：「他明明祝願我們，為何你說嘲咒呢？」表哥說：「讓我唸給你聽：

今年好倒霉
少不得打官司
養豬養成像老鼠　全死了（註）
造酒做成醋　酸了」

聞說表哥後來娶了村姑表妹為妻，並至白髮齊眉云云。

註：「像」與「象」同音，古時通用。

53

21世紀青年飛機

二十世紀末期，一位英國退休飛機師對他的十歲孫女說：「第二次大戰時期，你爺爺是轟炸機正機師，我有一位副機師，一位方向指導員，一位落炸彈瞄準員，一共四人。戰後，爺爺是民航機正機師，我只有一位副機師。飛機很大，能載幾

百人，但飛機駕駛倉內只得兩個人。現在，公司正在訓練將來的機師，無論多大，甚至載二千人的飛機，駕駛倉內只有一個機師及一隻狗。」

孫女問：「爺爺，那隻狗有甚麼用？」

爺爺說：「如果機師想用手觸摸任何一個開關制，狗便咬他的手。」

54 發槍記

話說於文革時，大陸對外宣傳「全民皆兵」口號。

安徽近合肥某村，突接通知，縣裏派人來發鎗。當晚，飯後數百村民，集於廣場等候，各人注目台上活動。忽然有一人走往台上，對着揚聲器說：

「我是縣長……」

全村鼓掌，然後那人繼續說：「……派來的。今天發鎗，每人一枝……」

全村鼓掌，那人繼續說：「是辦不到的。每兩個人一枝……」

台下掌聲仍然踴躍，那人續說：「也是不可能的。每四個人一枝，是可以的。」

台下掌聲似乎較弱，只聽到那人說：「是木頭做的。」

55

飲啤酒

有四個朋友，一個美國人，一個英國人，一個印度人，一個猶太人，常常一同往酒吧喝啤酒。每飲必一個品脱，要喝四次才罷休，每次各自付錢。

某日炎夏，四人來到一間農村酒吧，店前有室外座位。叫了四杯啤酒，坐下閒談。一會，四杯大啤放在桌上，忽然來了四

隻蒼蠅，跌入四杯啤酒裏。這間酒吧有個特點，坐在室外，啤酒一放在桌，貴客自理，甚麼昆蟲，鳥糞掉進杯裏，店不負責任。

美國人看一看游泳的蒼蠅說：「不要這杯，請拿走，再拿過一杯來。」

英國人以手拿走了蒼蠅，欲喝，想一想，也說不要，要一杯新的。

印度人不加思索，拿走了蒼蠅，一飲而盡。

猶太人以大姆指和食指拿起蒼蠅，輕輕地捏一捏，讓蒼蠅沾了的啤酒都滴回杯裏，才一飲而盡！

56

倫文敍跌落水

話說有橫水渡，船上乘客多是同村的富家小童，都是七八歲，同讀一書塾。這羣小童，無心向學，而且頑皮。當日由老師帶往郊遊。同船同齡的倫文敍，因家貧不能就學。這羣富家

頑童很看不起他，常常加以欺負。

當日倫文敘要赴市賣菜。船正要開，一頑童要戲弄倫文敘，給他錢請倫上岸買花生，在船上同食。倫上岸在附近花生檔買了花生，正在過跳板上船時，兩個頑童突然拉板，倫便撲通一聲，跌下水裏，這羣小童大笑。船伕和老師扶倫上船，同罵這兩個頑皮孩子，老師要打他們。倫說：「不要緊，讓我作首詩給同學們助慶罷。」即誦：

人上船頭橋板開
天公為我洗塵埃
諸君莫笑衣衫濕
卻在龍門跳出來

老師驚問他是誰，在書塾裏又不曾見過他，這麼小年紀能賦詩？倫說：「我是倫文敘，每天都要在田工作，一有餘時，便跑到書塾去，在窗外聽老師講課，受益不少。這次你們郊遊，我隨着來也是想學習。」

老師對着這羣頑童說：「你們不要再戲弄倫文敍了，他家貧窮也這樣好學，而更有這樣抱負，你們要向他道歉並學習。以後倫文敍如不賣菜，隨時可以免費上堂聽講學。」

各學童面有慚色，向倫道歉，從此專心讀書云云。

57

拖拉渡

上世紀三、四、五十年代，來往江門及廣州的客船靠「拖拉渡」。所謂「拖拉渡」是指一艘無機動力的大船，由一隻摩托小輪拖拖拉拉，慢速來往行走於珠江上游。拖拉船最平宜是大艙，大艙一望無際（即無間房、無牆、無簾），除了行人通道外，便是高出船面約八至九吋之睡台。睡台也無間隔，乘客各人自備被鋪（被褥）枕頭，各據一方，等候開船。開船前服務員拿着一小簿，逐個客人問要吃甚麼？因為無菜牌，一客人問你有甚麼餸菜，這個服務員一口氣唱出了二三十道菜色，然後問：「你要吃甚麼？」引至全艙人大笑，那客人也大笑，但忘記了有甚麼菜色，這是一個苦中求樂的節目。我記得，船開動了不久便有飯吃，客人吃過了，服務員收了碗碟，便可睡覺，清早醒來，東方發微白，便到廣州了。

那晚，非常寒冷，陳夢吉吃過了，拿出了毛毯，正想睡覺，看見旁邊一位

「盲公」（瞎子），瑟縮捲在一角，冷得在發抖，憐憫之心，人皆有之，遂把一半毯蓋在盲公身上，盲公即時停止發抖，兩人共蓋一毯，一直睡到天明，不在話下。

盲公醒後，立刻把毯子摺好，夢吉以為這是盲公表示謝意，誰知他把毯子摺好後，便放入他的包袱中。

夢吉說：「老兄，這是我的毯子，請交回給我。」

盲公說：「這是我的毯子，為甚麼要交給你？」

因此，你一言，我一語，鬧到公堂。

官問：「何事升堂？」

夢吉由頭說起：「我可憐他無被舖，把一半毯給他蓋，誰知醒來他說這是他的毯！」

官說：「你說這是你的毯，你有何證據？」

夢吉說：「我不用證據，這明明是我的毯。」

官問盲公：「那麼，你又有何證據，證明這是你的毯？」

盲公說：「我當然有，在毯子的一角，有紅線交叉的便是我的毯。」

官拿來一看，果然有紅線交叉，遂判毯為盲公之物。原來盲公黑夜裏，在毯角下了工夫，夢吉這回輸得口服心服。

58

善忘的女人

一對美國老夫婦，由美國邊境駕車往加拿大，途中在一間薄餅餐廳午膳，膳後登車，仍然由丈夫繼續開車，車行四十分鐘後，太太才發覺她把她的眼鏡遺下在餐廳。事情更糟的是，他

要再駛一段長路才能掉頭。丈夫正是一個又長氣又聲悶的老頭，他不斷罵她，埋怨她，全程不停，越罵越兇：「你沒有腦袋嗎？你這個善忘的女人！」

終於，平安到達那餐廳了。她趕快下車，急急步正要走進餐室，取回她眼鏡。老頭放聲大叫：「當你在餐廳取回你眼鏡時，你可以順便取回我的帽子和信用卡。」

59

三腳雞

上世紀六、七十年代在倫敦工作，又可往鄉間自己的別墅過週末的人，稱為City Gents（城市紳士），屬中上階層。

週末，秋高氣爽，一位四十多歲的城市紳士下路（Harold），穿着蘇格蘭式格仔外套，開着他的MGB開篷車，吹着口哨，悠然自得地離開鬧市往鄉間別

墅，正在以五十里時速駛往郊外地區時，突然有一隻雞扒頭（超前），走在前面。

下路覺得非常奇怪，加速至六十里時速超過此雞。怎料此雞再扒頭，下路踏油門至七十……七十五……八十也趕不上。加至八十五時，此雞突然拐左，下路急煞制急速轉左。雞不見了，下路慢下來，打量四周，原來是一個農場，還有一個農夫在工作。下路下車問農夫：「對不起，我駕車高速追一隻雞，牠走入你的農場，你見到嗎？」

「見到，我們培殖這些雞，因比普通雞多出一隻腳，叫做三腳雞。」

「好唔好食？」下路問。

「不知道，直至現在我們還未能捉到一隻。」

60

公公南遊

話說清朝末年，有一太監南遊，廣州市連日來張貼告示：

六月六日午時，公公出巡，所有蟻民肅靜迴避，閉門關窗，不得窺看，違者斬首。

是日盛夏大暑，街道清靜無人，戶戶閉門關窗。但見前隊打鑼張旗，中隊公公乘轎，左右黃朝馬漢，提刀掩護，後隊精壯勇士持戟呼喝助威。大隊來到市中心十八甫，突見一人穿開胸長棉襖，手持紙扇，立於路中。

前隊衛士捉着這人，大罵：「你是何人？公公來到，膽敢攔路，非斬不可。」此人說：「這是人民中路，我是人民，有何不妥？」（講古佬致歉，太監時代尚未有人民中路，一時筆快，請諒。）

正在你一言，我一語，爭持不下，公公揭開轎簾問：「甚麼事情？如此喧嘩！」

衛士推着此人，呼喝：「跪。」此人被推跪下。

公公一看，此人書生模樣，夏天卻穿着棉襖，因道：「高官出巡，攔路者斬，但看你書生模樣，肚子裏必有幾滴墨水，給你一個機會。我出上聯，你能對到下聯，放人。若你對不到，立斬。上聯聽着：

冬衣夏穿　不辨春秋」

書生明白詩意，罵他亂穿衣，不知冷暖。跪在地上仰觀公公，只見他作威作福，恃勢凌人，奈何在他胯下，隨時受斬，如何是好？總算書生命不該絕，突然來了一陣熱風，吹得公公褲襠東搖西擺，靈機一觸，有了！書生說：「公公請聽下聯：

北官南遊　沒有東西」